EL REGALO PERFECTO

Escrito por Sonia Sander   Ilustrado por Jay Johnson

Published simultaneously in English as *Maya and Miguel: Twin Gifts*

No part of this publication may be reproduced in whole or in part, or stored in a retrieval system, or transmitted in any form or by any means, electronic, mechanical, photocopying, recording, or otherwise, without written permission of the publisher. For information regarding permission, write to Scholastic Inc., Attention: Permissions Department, 557 Broadway, New York, NY 10012.

ISBN 0-439-87385-1

12 11 10 9 8 7 6 5 4 3 2 1   6 7 8 9 10/0

Printed in the U.S.A. First printing, September 2006

SCHOLASTIC INC.

New York   Toronto   London   Auckland   Sydney
Mexico City   New Delhi   Hong Kong   Buenos Aires

En casa de los Santos se preparaban para la Navidad.
Maya y Miguel estaban ocupados decorando toda la casa.

—Maya, ¿qué vas a pedir este año? —preguntó Miguel.

—Algo muy caro —bromeó Maya.

—No creo que pueda comprártelo —dijo Miguel—. Mi alcancía está completamente vacía.

La alcancía de Maya también estaba completamente vacía.

—Papi, ¿me puedes adelantar mi dinero semanal para comprarle a Miguel un regalo de Navidad?

—No, Maya, lo siento —dijo el Sr. Santos—. Tú y Miguel debieron haber ahorrado dinero para Navidad.

Maya pensó cómo conseguir dinero.

—¡Eso es! —gritó. Las bolitas de su pelo se encendieron—. ¡Conseguiremos dinero vendiendo cosas!

—¿Cómo? —preguntó Miguel.

—Mamá y papi siempre nos dicen que tenemos que limpiar el sótano —dijo Maya—. Hay muchas cosas que ya no usamos.

—Esa idea no está nada mal —dijo Miguel con una sonrisa. Maya y Miguel pasaron el resto de la tarde clasificando las cosas que encontraron en el sótano y colgando carteles por todo el vecindario.

Mucha gente fue a la casa a ver qué vendían.

—Miguel, ¿por qué nadie compra nada? —preguntó Maya.

—Dales tiempo —dijo el Sr. Santos—. Aquí tienen, se han ganado esto por el gran trabajo de limpieza que hicieron.

—¡Gracias, papi! —gritaron Maya y Miguel.

Pero el día avanzaba y la gente se iba sin comprar casi nada.

—Estaba tan segura de que esto funcionaría… —dijo Maya—.
No entiendo por qué nadie quiere comprar nuestras cosas.

—A lo mejor podrían vender algo de valor, como ese loro —dijo un cliente.

—¿QUÉ? —gritó Paco moviendo las plumas.

—¡Ay, no! —gritó Maya—. ¡Paco es de la familia! Nunca lo venderíamos.

—¡Ni hablar! —gritó Paco.

Pero el comentario del cliente le dio una idea a Maya. A la mañana siguiente, fue a la tienda de segunda mano. Maya quería vender su valioso dije de Melissa Rojas para poder comprarle a Miguel un marco para su tarjeta de béisbol preferida.

Melissa Rojas era su actriz, cantante y diseñadora de ropa preferida. A Maya le tomó mucho tiempo ahorrar el dinero para comprar el dije y ahora le dolía deshacerse de él.

—Este marco debe de ser para alguien muy especial. ¿Qué te parece si lo envuelvo en papel de regalo? —preguntó el vendedor de la tienda.

—Gracias —dijo Maya—. Es para mi hermano gemelo.

Miguel tuvo la misma idea. Esa misma tarde, fue a vender su tarjeta de béisbol preferida para comprarle a Maya un brazalete que hiciera juego con su dije. Cuando llegó a la tienda, el vendedor había salido a almorzar. Pero Miguel no podía esperar, así que llamó a la puerta hasta que alguien le abrió.

—¿Estás seguro de que quieres deshacerte de una tarjeta tan valiosa? —le preguntó la ayudante a Miguel.

—Es para el regalo de Navidad de mi hermana gemela —explicó Miguel.

—Tienes una hermana muy afortunada —dijo la ayudante.

Maya y Miguel se morían de ganas de que llegara la Navidad. Estaban felices de haber encontrado el regalo perfecto. ¡Pero se iban a llevar una gran sorpresa!

—Maya, el marco es perfecto —dijo Miguel—. Lo que pasa es que vendí mi tarjeta de béisbol para comprarte el brazalete.

—¡Ay, no! El brazalete es precioso —dijo Maya sonriendo—. ¡Lo que pasa es que yo vendí mi dije para comprarte ese marco!

—¡Tengo una idea! —dijo ella.

—Espero que sea mejor que la anterior —dijo Miguel con una sonrisa.

—Vamos a intentar devolver estos regalos y comprar nuestras cosas de vuelta —dijo Maya—. Tú tienes que tener tu tarjeta de béisbol preferida.

—Estoy de acuerdo —dijo Miguel—. A ti te costó muchísimo comprar tu dije. ¡Tenemos que recuperarlos!

Pero cuando Maya y Miguel llegaron a la tienda, descubrieron que la tarjeta de béisbol y el dije de Melissa Rojas costaban el doble.

—¿No le gustó el regalo a tu hermano? —dijo el vendedor al ver a Maya.

—Es un regalo muy bueno. Pero se suponía que el marco era para la tarjeta de béisbol —contestó Miguel, señalando la tarjeta.

—Él la vendió para comprarme este brazalete que hace juego con mi dije —añadió Maya—. Tenemos que recuperarlos.

—¡Ay, no! Hoy me han hecho muchas ofertas por las dos cosas —dijo el vendedor—. ¿Creen que pueden igualar las últimas ofertas?

—¿Qué le parece si nos devuelve la tarjeta y el dije a cambio de lo que compramos y de que le limpiemos un poco la tienda? —preguntó Maya.

—A la tienda no le vendría mal una pequeña limpieza —dijo el vendedor—. Es una gran oferta. Eres una buena negociante.

—¡Así es mi hermana! —dijo Miguel—. ¡Siempre con buenas ideas!

Maya y Miguel limpiaron la tienda cantando villancicos. Estaban tan contentos de poder recuperar sus cosas, que en poco tiempo dejaron la tienda limpia y reluciente.

—Vamos a intentarlo de nuevo —dijo Maya, dándole a Miguel su tarjeta de béisbol preferida.

—¡Qué casualidad, Maya, justo lo que quería! Yo también tengo algo para ti —dijo Miguel, devolviéndole el dije de Melissa Rojas.

—¡Feliz Navidad! —gritó Paco.

—Paco, a veces, das en el blanco —dijo Maya sonriendo.